广州诗词之都丛书

我的地理的光明旅行

黄礼孩 著

SPM 南方传媒 花城出版社
广州新华出版发行集团 广州出版社

授奖词

黄礼孩的诗在澄明的语境中进行复杂的意象转换，深入到物质对心灵挤压的生存现场。一方面在对细小轻微之物的书写中向时代内部推进；另一方面经由对心灵秘密领地的揭示，彰显精神信仰的光芒。他以一种都市隐逸者的姿态对存在价值进行追问，探求诗歌朝圣的书写伦理与精神救赎的可能，在历史责任感和精神超越性之间保持了恰当的平衡。有鉴于黄礼孩的诗学探索和价值担当，以及他诗歌中所呈现的丰富内蕴和纯粹的质地，特授予他第五届中国赤子诗人奖。

——第五届中国赤子诗人奖授奖词

黄礼孩的写作有着形而上的思考向度，这使他的诗歌脱离既有文化的拘囿，在审美和精神范畴有着开阔的视域。他把对生存的隐秘体味和透彻洞察升华为开合有度的绅士叙述，这让他的诗句极富宗教情愫，也饱含了爱和悲悯的力量。

——“缘酒杯”第二届中国长淮诗歌奖年度杰出诗人奖授奖词

黄礼孩的诗歌创作一度被他自己的诗歌公益活动所遮蔽，这是一种奇异的自我遮蔽，谓之牺牲或许更为准确。但一个诗人所有的修行，他所建立的所有功业，最终都会反哺他的诗歌。于是我们看到，黄礼孩的诗歌创作变得越来越开阔、清越、宽厚而仁慈，不仅具有一种全人类的眼光，更有一种朝向内心世界和宗教情感的信仰力量。在这样一个虚无，情绪弥漫，人心世界充满悲苦和不安的时代，黄礼孩的诗歌创作因其独具的慰藉力量而尤显可贵，成为一种时代的稀缺力量。

——首届刘禹锡诗歌奖授奖词

作品提供了一种独特的组诗写作范式：诗人在阅读中与阿多尼斯对话，以阅读经验来丰富自身写作，为汉语新诗补充异域的维生素；诗人尝试在平淡的日常生活里捕捉盈动的诗思，用思维的“幻术”撬动另一个时空的感受锁孔。整组诗结构整饬，皆围绕着“三月”这一主题词而展开，通过稳当、典雅又不失浪漫气息的书写，创造出一个明媚可喜的“三月”世界。

——《湘江文艺》首届双年优秀作品奖授奖词

作为70后诗歌的倡导者与推动者，黄礼孩先生十年来对70后诗人、诗作的推介让这一代人以方阵的力量步入历史的视野，其所创办与主编的杂志《诗歌与人》成为70后诗人的出发点与集中地。黄礼孩先生的诗歌文本表现出悲悯的宗教情怀，细致的日常关怀，以其语言的透明、干净与简洁，为同代人的写作提供了不可复制的典范。鉴于黄礼孩先生在诗歌行动上与诗歌文本上的贡献，授予其“2010零点非凡文学人物·第一届70后诗人奖”。

——“2010中国70后诗歌博鳌论坛·零点诗会”授奖词

目录 — CONTENTS

多少人把旅途当故乡

我的地理的光明旅行

谁跑得比闪电还快

我爱它的沉默无名

情非所愿的沉默

没有人把鱼放回大海

给飞鸟喂食内心的彩虹

回忆不过是植物的泪水

· 多少人把旅途当故乡 ·

多少人把旅途当故乡

牲口摇着尾巴，远处是林间隐约的房舍

那些空虚的日子，悲喜无意

喀纳斯，你生来就野性

你许诺一个无人知晓的恋爱

像水波触摸鱼背，鸟翼混迹云中

叶子把水吹进树干，带入一种阳光的生境

大地的居所多么空茫，我愿意怀着旧梦

在光阴里种植金露梅，不忘把旅途当故乡

去年在朝鲜

夜晚，我们摸黑住进宾馆，一个外宾的居住地，
　住着中国人、俄罗斯人
此地，一个孤立的别墅，一个频道的电视，所播
　的新闻看不到现场
之后是爱国战争片，统治者的时间需要战争的影
　子来填满
寂静之夜，我们步出庭院。上弦月淡淡地照着，
　风吹大片低矮的茅草
一些隐隐约约的声音像告别一般明灭。猫头鹰在
　夜色里闪烁警惕的眼睛
在出去前，我们被告知不要走远。这里没有通往
　教堂的道，也没有去酒吧的路
夜色里飘着不安的气味，这个不为人知道的国度，
　一味披着神秘的面纱
苍茫的天空下，星月黯淡，照着孤独的山河。树

林犹豫着，在风中展示一个假冒的真理

它的个性里却有着一丝的恐惧，瞬间变成铁片。

这铁的夜晚是漆黑的疑点

远远地，我们听到大海的涛声，玫瑰的气息，我们兴奋起来。大海，你这迷路的星座

那悲伤的潮水深沉如黑色。大海在朝鲜是一头困兽。但此时它是大自然轻盈的羽毛

一个再自闭的地方，大海也要唱出它的歌，时间有足够的耐心等到海水蓝得心碎

封闭在贝壳里的歌声也要唱出人性的嗓音，充满群山和海洋

秋日边境

直到秋日

我才看清时间的面容

果实的花蒂

摇摆成风中的光芒

过去的，现在的，无所适从的

从大海的斜面、公路的侧边

连接尚未出现的极峰之光

铁丝圈里杂草丛生

一朵花开出好天气

你在河流隔开之处张望

一条不通的路指向秋日

“谁像奥德修斯那样做一趟美妙的旅行

谁就是幸福”[1]

超越大地人为的界限

勇气向前，边境向后

---

① 乔奇姆的诗句。

缅甸的月色

海水在她的身体里退潮
黑暗一层层压住黑暗
那些走在穷途末路的人
摇摇晃晃，让整个版图忐忑不安

一支枪的枪口插上花朵
它还是一支枪，性质没有因此改变
而一朵花种在废墟上
它们一起构成了完美的月夜

那个写下自由之名的人
她没有屈服于昏暗的命运
从一朵娇弱的花朵身上
她看见辽阔的月色正漫过伊洛瓦底江

她的曼谷还叫作静默

曼谷站在镜中，花影摇晃出她的沉迷
天色暗下来，叶子的黯淡叠加上了墨黑
她退回到自己的寻常中去，听见了久违的静谧

从前，她妒忌够不着的生活
她不知道自己是一只天鹅
白色的羽绒可以改变飞翔的口令
但另一只起飞的灰鸟
无端在风中说起物转星移的悲伤

那年的曼谷，踟蹰如一只喜鹊
缥缈的身体，难以跨过家族史的门槛
她天赋灿烂，却又得不到美妙的应许
命运大声呐喊，回声一如乌鸦
久久地坐在桌前，回忆冒着茶气

退回蓝花轻轻弥漫的睡眠

时间秘密的心脏切入一堵墙中

唯有一盏灯在深夜为她亮着

她的曼谷还叫作静默

欧洲之角

大西洋飞了起来，风释放的幻觉丛生
地理、航行和岁月的潮汐汇集着，骚动起来
所有的风在此倾斜，吹开海与岸之间的眉宇
又像翅膀被水光和天籁所清洗
这不可思议的异象，为画面涂上了色彩
从中国大陆最南端来，好奇把我带到此地
日子变得有所不同，日光下站着蓝色的遗产
似乎有什么人在这里等着我

一切逝去的和尚未到来的声响
都保存在斜坡上不同花草的耳朵里
海汛在我的身上缠绕，像一封绵长的情书
唇上的阅读，是海风留下的盐粒

落日将在消逝之地开放安睡的界线

悬崖上的十字架，余晖在它的身上占尽风光

闪耀出永恒的图案，带着灵性和忘我

它的影子悄然伸入大西洋，风吹得更猛烈

我感到大地微微的颤动，仿佛在歌唱着复活

托斯卡纳

风暴的消息已远去，村庄归于宁静

晚装在衣柜里弥漫松脂的气味

庄园的幽暗之处，萤火虫送来橙绿色

请与都灵来的隐士交谈，这舶来的夜宴

是小镇的另一部分年华，半路相识的人

到小酒馆喝一杯吧，夜色来到夏季之末

庄园适合一场消遣的探戈

新的星座升起，云翳一点点退回山峦

这个夜晚尖叫的不是一哄而散的孩子们

而是那些看起来像繁星下坠的葡萄

飘向里斯本的琵琶

——给诗人、琵琶演奏家王乙宴

正午，倦怠的梦境困扰
果实却无比清晰
我在阅读一本法朵音乐史
闻到时光作坊逸出的忧伤气息

从上海到广州，再至澳门
在给安德拉德的诗歌颁奖礼上
你的演奏是向着波尔图的致意
美是万福玛利亚，无尽的玫瑰赞美诗
如受邀约的琵琶曲，飘向一丛丛的蓝花楹

“这里，一如世界的每一处”
佩索阿从俱乐部走出来
他爱诗歌甚于他的国家

琵琶行在雨中走向永不到来的日子

与跌进时间深处的佩索阿又无关

我继续翻阅法朵音乐史

眷恋一页海水后面的繁星之夜

水演奏着万物，你却把手从弦上移开

纽西兰

纽西兰
一只身上长满美丽形容词的鸟
在女性中飞翔
沿着形而上的亚热带
把心带到高于梦境的地方

海湾和溪流
像风车转动森林的女神
抱着柔情的芦苇
眺望，让人想起
这人世间不曾享有的爱情

沸腾的牧场，居民和桅杆
纽西兰，这座携带阳光的果园
和谐地汇集在一支弦上

奶牛喝云中倒影，鸽子飞出花样，这里是倒映过来的天堂

昨夜梦见故乡的繁星

夜已深，理想的家居闪亮
星星凝视着它所爱的万物
白色群马，长长的鬃毛飘扬
它们身影轻盈，马蹄也按下静音键

半岛的夜莺，畅饮银露
它的歌喉着了魔
星空之下，整个世界只为一个少女
预备表白的勇气
一道光涌进了她不眠的眼睛

良夜，亲人们在准备明天的婚礼
父亲和母亲喜庆得泪水奔流
这样的欢乐像一对初见的恋人

天国的衣裳

白杨树是世界的面目
阳光潜伏在它的身上
披上天国的衣裳
我去过很多地方
从空旷到空旷
从道路到道路
一个永没有边界的尽头
我希望这是欢乐的旅途
我不能告诉你
哪里是我的需要
哪里是我的舍弃
白杨的叶子
没有一片是多余的

群星之外

废墟已成新坟
坟墓下是密不透风的呼吸
一次喘息比一次喘息低微

死者从坟墓里爬上来
生者从废墟上走下去
仿佛从左心室，走到右心室
每一条都是歧路
又好像隔一堵墙

一个女人木然拾起作业本
她叫出的名字没有应答
她看见一个个嘴含花瓣的孩子
沿着梯子爬到云朵之上
主啊，让他们走吧
他们爬上来了
他们要奔走在群星之外

·我的地理的光明旅行·

我的地理的光明旅行

抬头，野兽的乱云飞逝
在广州叶子青绿的嗓音亮起来时
我忙碌的手指在光中闪烁

路过水荫路，看见一个女孩
抱着鲜花在疾走
世界好像从我旁边侧身走过

为什么非要弄清方向
假如她让我选择奔跑
我则坚持一种独自的蓝

道路在翻飞，更多的在忽闪
如果这是异乡人的旅途
我也愿意把此视为
一生中的来来往往

西关记忆

四月街景还有满洲窗可见的轮廓
一场太平洋的雨来得迟或去得早
素馨花在少女的脸上移动出阳光
从龙津街到恩宁路，无所谓打铜声
瓢虫飞过，它有自己的面目，不愿意服从别的
　飞翔
提着鸟笼溜达的人，露出年历上的脸
看见风衣男旗袍女穿过晨昏中的沉香
麻石街上一盅两件的基因制造着祖先的日子
牙齿还咬着方言早年的气根，哈根达斯也迎来这
　一刻
一位水手说起大海，眼睛周围的蓝已澎湃
云霞超脱潮水，光线早已飘到对面女孩的嘴唇上
秋日荔枝湾，一颗心游荡出的蓝调让人一时无从
　说起
绿风持续从湖上吹起，阳光在学校的楼顶闪烁

视线升高一些，眼光就不会在暗处生锈
打开骑楼临街的大门，漂亮的机器奔向一万条
　大街
市井声在民居中回旋，把灵性从九声六调中赎
　出来
是买花的声音，花在手中，身体变成一束光
色泽奔走向四方，这隐形之事也难以概括
大户人家与平头百姓一样擦亮窗户
生存的恩惠继续停留，耐心等待吧
岁月从来没有费解过永庆坊那一带的风情
听“地水南音”的木刻师，他手中的刨花跟随
　得紧
像是连锁店收银打印机打出来的凭证
这生活的清单，就像刨花，为日子留下线索
制药师与银行家背井离乡的日子如隐忍的波浪
小洋楼从废墟中步出，重见天日的模样像黄蝉花
在光中进出，仿佛她师从的不是人，而是永恒的
　缪斯
新来的房客，请给他南方的预感，给他阳光充沛

的地理

琴声是他的居所，他点了一份发酵的梦

蓝色侧影还没照过来，但秩序与美已取悦闪亮的

那个人

农林肉菜市场

触摸，联动起五感，每一件物品都在展开
吐息之间，整个肉菜市场闪烁起来
鲜肉挨着蔬菜，档口连着超市
筷子、勺子、酒水、鲜果摆在一起
合唱的食物，它们穿过日子的五线谱

盐巴从大海来，想去解决无米之炊的谜题
每个人都像长颈鹿，把嘴巴抬向美食的高处
生存却去往低处，需要对土地深情地弯腰
物流马不停蹄，就像提灯赶路的人，血液奔腾起来
无数的家庭又活过来，仿佛世上未曾有过饥饿

把用掉的日子像松木清香的味道一般珍藏
未治愈的一切看起来如白鲨，食物打量食客
试图恢复饮食男女的本性，从市场到餐桌

隔着的不止于烹饪，操办精彩的晚宴后

一束从市场买回的鲜花，安抚了这一天所有的徒劳

有什么在塑造着我们

一页珠江水追赶着沙面的昨天，时间默默加冕

岁月供养的西式建筑，已经在此扎根

与巨大的樟树融为一体，游人并没有细究风情

拍摄婚纱照与广场音乐会互为喧哗

领事馆的旧照片上却有一份静谧

遥远往事因陌生而递出了神秘钥匙

一行行的外文叠句，仿佛薄荷的光彩在夏天被阅读

历史的 X 光胶片也在闪现，时光也需要自己的考古

黄色小教堂，曙色如爱，玫瑰或者丁香花也在升起

之前这个朦胧的地方，生活的肌理也要热切

对于陌生人，他停留聆听，也有一块歇息之地

白天鹅酒店，推门就见到室内的假山

故乡水回应着民国建筑群所留下的空白

沙面再次敞开，许多店铺哼出来了春天的嗓音

事物的形式在看不见之间浸染了时间

文明悬浮的光漫融合了过去的影子

一片树叶大于一片云，它更快地发出了绿色的声响

在黄埔，穿过发光的花园

大地签下它的名，在这儿歇息
光线诞生另一道光线，再生一个光源
风儿爱得宽阔，犹如自身的自由
土地从不靠威胁相加而变得厚重
春天到来，不为了花朵的买卖

一道美味带来生活新的爱欲
甜点配得上轻松的音乐
更多古老的日子，像树根
抓住了记忆的石头，尚未开始的棋赛
藏起了别人的友谊，却抱怨起手气

提供青草的人，投入森林的蓝风中
一首遥远的诗歌也有新的吹拂
秋声临近，蔷薇红得无异议。穿过发光的花园
去赞美爱情和它带来的痛苦

绿马

一只庆典之鸟在水中跳舞
狗尾巴草的黄昏，一座星辰开始散步
山顶的微风吹来空间媒介的气息
有些新奇的事物值得一试
一匹钢铁之马被塑造出来
它伸出绿色肌体，电光奔腾
猛烈地脱离尘世
数字的语言发明了绿野仙踪

人间缺少圣人，陨石落在水库
世界如一块巨大的碎玻璃
悬挂在天空，一切被映照
女护士的白色眼泪，靠近了黑色的斜风细雨
禁足之下，造马是为了走出谜团

草丛之上的双眼宛如天上的星星
燃烧出遥远的绿焰，这气魄也
治愈着空气，吹向苦涩的居民区

为了保持蓝天在草原的延续
春天的骑手受雇于大海飞翔的鱼
风一跃而上，我不知道绿光已来临

平行花园

——给莲塘村

河底的谷粒挂在枝条上

光悬垂，扶摇出族群繁茂的果实

家园的风已平息，你由此认识了日常

房屋与古树之间，水井倒映童年

桥模仿彩虹，月牙建造了弧度

微微的弯折，收集着植物的线条

沉默的画家，字短句长地书写

时间的回声虚掩，眉色上扬

一日之余留给花园，命运在路上的人

回到安宁的土地，之前危险中的游荡

多像随身携带的花园，装在袖珍的宇宙

光往宣纸上移动

——给嘉励

大提琴在那里，光照着，寂静也丰饶

印章庇护了纸上的原野，斯文

有了新方向，人生无意模仿苏轼

艺术由足够的遗憾构成

时间是问题解开的自然公式

风在树巅上，时柔软，时刚强

黄花岗园子的植物，被你收藏到墨绿的扇子里

一个词的装置缓缓打开，把红推向边缘

吉祥星在眼前行走，玄学重新组合经纬

西湖的一尾鱼跃出了幻境，也许它是仅存的真实

那个瞬间，获得了长久的记录

它们持续低飞，慢慢长出宽大的翅膀

阳光经过麓湖

那一忽闪，除去了树叶上的灰尘

三月的幻术，光泼向你，翠鸟在空中停留

突然猛扎到水里，站在鱼群中间

仿佛生活于此，不需抓住什么，横着飞走

这多像一个人转过来的吻，语言的一半悬在水面

身体的协调已经一致，灵魂的回声还在途中

麓湖，一片梦的凝块，琥珀一般渗入记忆之果

简短的春天颁布无名的一天，草甸的耳朵持续转绿

日子依赖柔弱的一面，坚韧的另一边向命运展开

你认出涟漪的细线，那不是风拂过水的混响

此时，阳光经过我们，阴影也将漫过

花地湾古玩城

古玩城藏起神秘的事物
尺八的时间停栖在唇上
小心翼翼唤醒了青铜
陶瓷开出虚构的花朵
古籍、玉器、书画
更多的杂项迭代为谜
考古的图表也给不出答案
山川帮助人间创造了财富
珍宝却以不同主人的劫难而散尽
出生与再生的古董
它必须尝试继续去活着
一个心灵走上分叉的小径
某个意外产生了技艺
你看见古董跨骑在鞍上
策马于新世界，最终

还得靠古老岁月而存在

故事流向彩虹处

剩余的生活没有朝向终点疾飞

世间也许没有赝品

玩偶只是佯装放错了地方

盐若失了味，怎能叫它再咸呢

万物皆有毁灭的属性

但毁灭未必绽放光芒

你询问真相，缘于疑惑

却记住被风追逐过的遗忘

从挖掘者的灰尘里后退

你看见更多灿烂的釉色

像火豪迈地步入万物

带来未曾冷却的叙述

鸡毛信

艺术是迂回战术，鸡毛信试图唤醒什么
画家堆积起记忆，宣纸在饶恕笔墨
他的眼里进来异物，获得再次的医治
影像行踪诡异起来，飞落出许多灰暗

二〇一九年二月二十三日，广州逵园艺术馆
“鸡毛信：陈侗的一个水墨计划”
那是笼子里鸟的渴望，被呼吸围绕着
一个信息从另一个熄灭多年的信息里获得暗示

一支乐队经过他的画室，荒诞的行为解脱了庸常
他马上抓住了某种情绪，继续着失联的生活
与梦中之梦一样颠倒，就像一封信旋转着飞回

傍晚

黄昏之后，小虎和我在东风公园的绿岛
说起十年前的朋友
一些人已成为废墟上的枯枝
开过花，结过果
他们曾经像紫罗兰的光影
一些人也像我们一样，在另一个绿岛
星宿慢慢亮起来
你却不在他们中间

留在白鸟与灰鸟之间

水枯萎下来，清丽之色早已暗淡
十一月的河道，灰鸟觅食，白鸟茫然
一条飘河，废弃了水花，迷失了鱼
生活还有别的途径，林阴道降下深沉的暗绿
你的问候变得纤细，秋日似乎在午后转向

珠江新城，一个兴奋的名词
我对应不上这般喧哗，只留在白鸟与灰鸟的空隙
留在枯水的寂灭里

黄昏，入光孝寺

——给扎加耶夫斯基先生

这不是观光之地，也非等待之所
安静的不是香客或居士
一只猫蜷缩成一团，白毛泛起光晕
世间的风得到暂时的平息
抚摸怜爱，掌纹里弥漫出温柔的光

碰巧遇上晚课，灯光升高窗户
神秘仪式在梵音中起伏
屋子旁的菩提叶闪动暗绿的轮廓

此地在流转中能否将痛苦转化为美
无人过问。也无人知道
你是否想起波兰教堂的赞美诗
你和妻子坐在台阶上冥想
波罗的海的声音一阵阵落下来

“在从前，我们信仰不可见的事物
相信影子和影子的影子，相信光”[①]
此刻，就要收拢的光线为你说出一切
大海归于静谧，底下的暗影难以触及

① 扎加耶夫斯基的诗句。

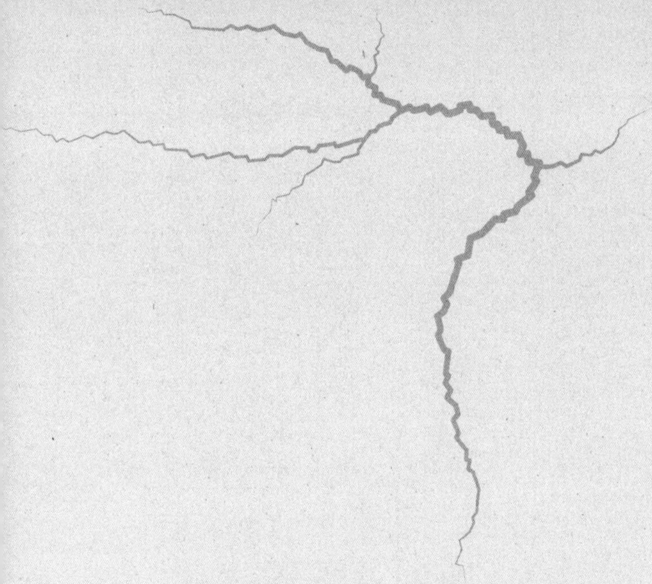

·谁跑得比闪电还快·

谁跑得比闪电还快

河流像我的血液
她知道我的渴
在迁徙的路上

我要活出贫穷
时代的丛林就要绿了
是什么沾湿了我的衣襟

丛林在飞
我的心在疲倦中晃动
人生像一次闪电一样短
我还没有来得及悲伤
生活又催促我去奔跑

途中

水里的动物锐减，大海枯萎地动荡

阳光照不亮珊瑚花，午夜的风带来丧神

大海之下进行着看不见的葬礼

黑光铺盖着睡眠，梦悬荡成天空的镜子

漫长的映照与瞬间的风暴一样折磨人

一次更残暴的掠夺到来

已经没有泥土可以抱紧

拿什么去抵挡明日的风暴

更黑的海浪已在途中

飞扬

树穿过阳光

叶子沾满光辉

我静静地站在那里

闻着树的气息

树叶在飞扬

在散发着新的气息

我不能飞扬

我对命运所知甚少

常常忘掉一切

拐弯处

在山道拐弯的地方，一朵花开在沙土上
没有多少人注目它，它也不为多数人盛开
它没有野心，也不多情，有一些荒凉
它把小小的坚韧藏好，挽着土地的手
数着自然的日历，心底一亮，就翻过岁月的山坡
生活没有什么可以炫耀，我保留了拐弯处被遗忘
　的花朵

窗下

这里刚下过一场雪
仿佛人间的爱都落到低处

你坐在窗下
窗子突然被阳光撞响
多么干脆的阳光呀
仿佛你一生不可多得的喜悦

光线在你的思想中
越来越稀薄，越来越
安静，你像一个孩子
一无所知地被人深深爱着

困顿

秋天之后枯叶又深了一些

野兽惊骇的表情

很快消失在灌木丛中

我不属于别人

我有着信徒的生活

我依然暧昧

爱上时代的困顿

我从来不隐藏自己的恐惧

那些陌生的落叶

因为春天，它又成为地上的礼物

牧云

人间险途，埋藏不同的刀剑
那是命运砍杀的暗器
逃到平流层的身影
一束阳光也难移动，罩在身上的阴影向下
灰烬未吹尽，春天也未被奖赏

太阳机器开过雷州半岛
光的喧响震落露珠
不寻常的螺旋桨在水云间推动
少年爬上南坡，看见光源向四个方向延伸
白云牧养怜悯和思想，世界才会出现新的草地
母亲受到暗示，从云朵里剪出棉花

风的牧场扩张瞳仁，穿透层层升起的海浪
云的故乡，风的港口，亟需一艘船运来光明的使者

远行

那是一个我用木头
修改斧头的日子
没有白昼没有黑夜
我企图在中间修出一条路来

母亲病后
她像坐一次慢船去天国
她的航行
越来越远离她的身体
她离去之后
我在黄槿树下望着蓝天发呆
命运是早晨给予的
傍晚又收了回去
天空睁着一双嫉妒的眼睛
我在黄槿花下祈祷
被遗弃的天赋

将带回一颗微弱的行星

领着我从黑暗到达天穹

我知道母亲还在某处等我

睡眠

它是一百年的荒凉

告别了生活所有的疆域

黑暗的存在却没有静止下来

海棠花被囚禁在群星里

母亲的盛开是花朵上熄灭了的火焰

天空之蓝像镜子一样破裂

一朵火苗的灰烬奔向星星

我不知道它能到哪里去

它跟我一样呼吸，战栗着

它的暗像闪电一样跪下来

光在旧旅程被蚕食，那一年

母亲带走了我的乳名

晚安

我喜欢目不转睛地看你

生活给我的荣光

我将永不妥协地去爱

一只天鹅已来到你的床前

你是那么的生动

即使你的睡眠比黑暗还深

晚安

我的爱人

距离

这一夜我嗅到电波
飞行里浮升生命的小径
我把你的传记读完
把灯关掉
顺手把梦拴在月亮上

世上还有另一个地方
离你不远不近
恰好是一片月光的距离

秋日

光对影子不说谎
它的出现与消失也不隐瞒
轻柔的眼神无限地宽慰一切
有什么事物在瞬间挣脱了自己

一群鸽子从体内飞向体外
平凡的快乐也释放出小生灵
模糊远景此时汇合过来的声响
映照尘世空无的爱

我思念绝对的爱情
这永恒的秋日，柔软而广袤
大海的空旷如阳光一片片飞到树叶身上
又从树叶上卷去尘埃

站在秋日的木芙蓉下

日光如水，每一条道路都在奔流

·我爱它的沉默无名·

我爱它的沉默无名

菠萝地沾满夜气，星宿在上升
像密纹唱片发出的柔和之声
它的神秘早在搜寻之前打开
薄纱里的魔曲悬在蜘蛛网上
无垢的天气，星星近乎碎裂
发亮的露珠占据了草丛

这郁葱的丘陵像蓝鸟起飞
一晃而过的少女，她的秀发藏着梦的帝国
游弋的线条如时光的窃贼
盗来大海深处水草的语音
又缓慢地沉入菠萝地里去

我的凝念由此而生
这无边缄默的“菠萝的海”

在它尚未被命名之前

我保存着这份空缺

只爱它的沉默无名

想着一个人

我在这里站了很久
风从两个方向吹来
茉莉花被牵引向第三空间

树林浓密的气息
连接湖水的体温
这是我触摸过的事物
它们丰饶的脸
是暂时的安慰

我滞留在黄昏里
我感觉到你把自己
分成两个人
从两个方向奔来，逼近我

风再一次把我带到蓝色海滩

我要用多少爱

才能吹亮，头顶上的星星

独自一个人

今天早上，我没有草木可以修剪
不存在的花园，在梦里也找不到门

今天早上，我去赶地铁，不断地
接近生活，在生存的深处

今天早上，像一个遥远国家的地图
蓝天上的云朵多么陌生

一路上，没有人与我谈起天气
在一滴水里，我独自一个人被天空照见

劳动者

到处都是缺乏雨水的生活

恍惚的下午，一个乡下来的劳动者

拿着石头蹲下来

看一群蚂蚁在搬家

教堂的钟声

飞过了建筑群

小兽

一只小兽从草丛穿过

我与它隔着一米月光的距离

草色晃动

淹没了夜晚的尾巴

把梦一层层地铺开

传说中的女神

柔软地走过大地

她比那小兽更为缄默

多了一份天真的人

福音要降临到她的身上

我低下头来

凝视裸露的脚

没有迹象印证这是世界的尽头

小径分叉的花园恢复了原样

我依然感受到你的身体

选择了那流动月光的小路

快起来，小懒虫

快起来，小懒虫
柠檬草和低矮的果树向着天空
阳光小小的铃铛敲醒九月
一连串的混成之音，未出生的谣曲更亲切

快起来，小懒虫
你要穿上昨天洗干净的衣服
到一道波浪那里去，因你的亲临
阅读的人，把卷角书放在树阴下

快起来，小懒虫
眼前的大海，左边和右边
在海天之处融合
就像你和我在生活的里外守望

快起来，小懒虫

双脚引领你走向沙滩

水是晦暗不明的事物

大海这架钢琴，被小小的海鸟演奏

快起来，小懒虫

九月的台风拜访了小岛

风暴过后，石头上面还留着沙子

那么细，像小鱼小虾的谦卑之名

快起来，小懒虫

秋天多么短暂，让我们爱吧

与离开枝头的果实一起坠落

这一果实的背后还有新的果实

小剧场

小剧场

黑匣子

迷狂的人在游历

小马骑上云朵的鞍

小剧场

黑匣子

小小的火车记得自己是一棵树

以缓慢的速度融入陌生的夜色

小剧场

黑匣子

装着三个王子的命运

躲在蔷薇盛开的偏差里

小剧场

黑匣子

忽高忽低的人

看见羚羊擦眼泪

苔藓

苔藓，它那么微小

像一粒粒沙子

没有人知道它们的身世

苔藓习惯用潮湿的眼睛看一切

呼吸腐败的空气

它坐在暗处

似乎在等待

阳光偶尔对它露出笑容

很快又消失

只留下森林巨大的阴影

是我从未见过的，一个黑色的梦

野花

野花开在大海之上
开在船的周围
有时候船是大海上
开得最大的花朵

海鸟在花瓣上飞上飞下
比那些打鱼的人忙碌
没有四季的阴影
也没有时代的命运

我要去访问这些花朵
它们把秘密放进我的身体
却像蝴蝶
盛开在大海之上

青草和雪

青草长向天边
百合花开得像家乡的雪
青草和雪，我珍藏它们
失去它们，灾祸就会来临

你从枯草期赶来羊群
穿过令人不安的风暴
我梦见你坚毅的眼神
那眼神也长在我的脸上

你是我的羔羊、我的百合花
我们睡在这辽阔的草原
和着星光，没有人来打扰
正忙着采集青草的乳汁

雪

奥依塔克

奥依塔克

十月中旬

雪停在叶子上

过去的阴影凝固成肖像

奥依塔克

奥依塔克

沉默的是岩石

用不了多久

时间在它的形体上读出声音

奥依塔克

奥依塔克

两座山打开

阅读一个下降的词

存在的事物睁开眼睛

奥依塔克

奥依塔克

最迟是我的到来

眷恋人迹不到的地方

一朵纯净的火焰盛开

野兽

整个平原除了荒凉的内心

没有别的

向日葵是这个黄昏唯一的野兽

是狂野之箭

太阳下落

向日葵上升

这个不倔的生灵

在高处召集

满天的星光

这是黄昏，诸神离去

广阔的大地只有向日葵

只有疯狂、奔跑和疼痛

平原，黄昏最后的野兽

像神永不枯萎的长发

被大风吹起

老啄木鸟

一只老啄木鸟
在丛林里啄过一棵树
又啄过一棵树

阳光微弱睁开眼睛的早晨
神秘的敲击
使森林的黯淡散尽

如果你想知道老啄木鸟的欢乐
你就应该去看一看
森林转过来的脸

而我要疯狂地去生活

双鱼座

甲壳虫在飞来飞去
它们想飘到双鱼座上去
千朵万朵花枝也飞起来

双鱼座把大海劫持到天空
破碎得快要掉下
在晴朗的夜空，我抱住了它的影子

我成不了天使
我是一个牧羊人
羊群站在草原上望穿星宿
梦在星光里拥挤得坠落

香水师

草木荟集缓慢的光线
它们一遍一遍潜入纹路
时间为万物所纠缠
含香的植物，腹部保持着摸不着的烟
它们的呼吸舒缓，嘴里吐出白雾
木琴的清唱伸展到阳光下

怀念让你看到更多
它们混合在一起，内在的秩序
需要从光的角度来厘清
甚至从输送绿色津液的茎管
分辨出钟摆有节奏的声音

这形体如贝壳里的珍珠
枕着矿物千年的梦床

你的心躺在上面，如同光包裹死亡
却又向未来吐出新生

从未见过的事物
它们危险却又暗藏生机
就像森林底部的灰尘
吹去十重苦味后，彼此便得以相见

更多草木交叉汇聚，香水师在山水间
翻阅植物的光谱
提取它们之间纯净的闪电
轻灵战栗的泪水，向每一个生灵致意
香水的答案，不止于水

条纹衬衫

风尝着未知的灰烬。就此别过
一个囚徒被押往徘徊之地

凭什么去解开生活的纽扣
疑问是条纹衬衫
穿在身上，像一个从污水之河里
上岸的人，淌着水。这包裹的水纹

渴望阳光猛烈地折射生活
阴晴不定的游戏
为躲开谜底而涂黑这个世界
一只病虎，轻盈如蝴蝶
没有蔷薇之园可穿过，它提着镜子与灯
寻找一件边缘潮湿的条纹衬衫

世界需要新的编织，需要绣出爱的颜色

却从不脱下那件死亡的衬衫

猫头鹰躲在口袋里，幽灵一般的视像

随时把命运带入不祥的黑色梦境

花布衫

花布衫透出了小优雅
把少女的羞涩带回昨天
多年后，他看见了她的九宫格
在四月的形状里闪过
有什么想在那一刻停下来

涛声来到五月的嘴唇边
如一艘风帆从海岸驶出
她抬起脸，在浪花里换了雪
绿光消失时，他们忘了彼此的仪式

生活不时慵懒
像未经梳理的长发
掩盖着尘世的脸，她沉静地走着
自我遗忘成不存在的女儿
风揉着衣角，哭不出声来

·情非所愿的沉默·

情非所愿的沉默

晚秋的天空，云朵排着波浪向前
涛声来不及诅咒命运的深渊
一尾鱼已被吊在竹竿上
晒在高起来的蓝天里
它挂在风中的身体是整片海洋
我隐约听见灰烬的声音
记忆变成白色的纪念日
情非所愿的沉默是如此漫长
蚂蚁的眼泪，滴在空荡荡的大海
它举起双手向天空祈祷：
主啊，请你赋予大海永恒的澎湃

芒果街的魔法

热气灼人的下午
我在芒果街的一间小屋，阅读经文
等候不确定事物的到来

当芒果街的树影摇曳不定
外面扬起工地上的灰尘
还有汽车噪音震掉的几片芒果叶
它们已成为礼物，盛在器具里
蓦然出现在我的桌前

我听到它们的交谈
甚至听到它们均匀的呼吸
器具里的小精灵都跑出来
我带着它们，离开芒果街
去一个远处安静的林子

野兽们已从林子里消失

唯有野鸟像风筝一样飞

不至于被人用石头打下来

它的影子很小，落在河水上

不久，又飞离了河面

如果你来到芒果街

此时我也把器具带回小屋

那些远古的小精灵，就会和你变着魔法

像是从我们的各种器官里跑出来

静谧着新的林子、河流和天空

北京

看上去像一个遥远的秋天

我认得出银杏

以及银杏树背后的光芒

像多年前你眼中掩不住的喜悦

一地的叶子

多么奢侈的阳光

遗忘或在稻城

草。那草，红了

稻城。神在吹拂

白色鸟，一只，两只，消失在朝霞间

那淹没在草丛中的石头

是飞跃的第三匹，第四匹马驹……

遗忘的陌生之美，在时间的深处

随着风，光线问询一切

告别城市，草结出殷红的果子

它随着风，将浮云改变

收养那些流浪小昆虫的，是稻城

馈赠我的，是稻城的红草

草。那草，红了

让我爱上你

教我听懂风的言语

授我储藏新的露水

草，一棵草，两棵草，三棵草……

像朋友生活在那里

在甲乙村

——给诗人梦亦非

黔之南，有一杆岁月之秤
称着甲乙村青翠的穹顶
诗人的出生地，连云朵也有重量
万物在此有旧或新的实质
空旷的村庄，它的静谧低于土地
衷情于黑夜里猜测山地天气的人
他的梦爬上梯子，取下马灯
搭建农地上的植物博物馆

早年的布衣之乡，它是你的咏物之诗
一片已知和未知的土地
交织风雨雷电，也交迭着命运
在黎明到来之前，被你一遍遍说出
这是一开始就存在的苍凉归途

多年后，与众诗人还乡
眼光漂浮出群山，忧郁之云像地图的影子
铺在山梁上，农人挑着水草走过
唯有我们需要领略它的味道

并没有唱片上的唱针磨着山水
去理解树根与岩石恒常的对话
他压低了嗓音，夜色是一壶浊酒
尚未到来的世界在外面闪耀
深夜，我们围着炉火交谈
出奇地喝出了门外的闪电

香山

时间将我包围

声音的纹理依稀可辨

红枫叶紧致的皮肤开始松垮

但它不是为了秋天而下坠

我想去一趟香山

去解除藏匿起来的诅咒

暗红的叶子在飘落

腐败是它最后的命运

阳光从它身上经过

也没有觉察

西藏来信

所有的邮车已开走，它们穿越冰凉的土壤
如解冻的风，迅捷的鸟群丈量着大地之远
一封信从云端而来，像昨天的晚霞

涌上心头的，说不清的莫名，似幻又真
怀着一种寂静，你记下旅途中交叉路口的选择
守住黑暗才看到灿烂星光
借用过的云朵和浪潮回到雪山上
你的光芒在青稞上随风起伏
就连白色阻滞也敌不过藏波罗花
你写下，荒野不需要赞美，大地不需要花冠
但爱恋，无可避免。雪落下来，爱更深一些

从西藏来的火车，并没有装上你的信
它空荡荡地奔跑。这之前，从广州到西藏

你的身体越来越小，你与风联盟，树林在摇摆

光线嗡嗡，它从一朵野花中跃起，如带电的肉体

所有的邮车已开走，一封信却一直在时间的轨道上奔跑

记忆已变成双行道，连接语言的轨迹

收信的人，皮肤红润如春天，他安静地站在那里

文辞的影子移动，一如西藏树林间明晃晃的身影

在大陆结束的地方

树与水之间只有雾

事实上

雾已覆盖了菠萝围绕的村庄

更多的雾消失于雾之中

坚硬的事物吐出了雾

白色柔软，这种简洁

好像不需要力量

灯塔

一个赶海的老人站在那里
回忆着热带忧郁的风暴
沉默倦于大海远去的轰鸣

白茅海的灯塔，已成为造梦的材料
一柱白色声音升起来
偶然的闪亮，是蓝鸟绕着它飞过
冬日午后，在你到来之前
机船驶向外岛，天空吐出白夜
把昨天与今天等同起来
从清晰到混沌，一种转调
天空与大地回荡着陀螺降落的涛声
雾中风景，第一个站到面前的是灯塔

海浪鼓胀如禾雀，自然的面目愈加清新

一瞬间，宁静中的凝视

睫毛放飞了最后的海岛

出生地

一个人活不下去
就回到出生地打点生命

从肉体退避到内心
是对一生的提升

土地沧桑
一个人必须独自行走

怯生生推开家门
呼吸宛若隔世的往事

失明的马兰花，在黑暗中
摸到回家的路

岛屿

我们常提到无人居住的岛屿
它是大海光中燃烧的婚床
歇息不需要在床上
就好像岁月可以不在日历里
我们还说起，湿润的肌肤
闪耀着心神不安的来访者
树林里白色的雾已散去
倒影中的旧灯塔隐约可见
它是大海站在岸边的一柱泪水
不再说话，专注海鸟用小脚
一点点在沙滩画出的地图
我确信岛屿是你召唤时的回声
那些香料和珍珠可以再一次丢弃
凡是有气息的都与你一起欣喜地歌唱
羊角叶肆意的生长已揭开一角
鲸鱼向上的喷泉竖起另一座海的形体

阴翳移动，未完成的生命

如斜向海面的椰子树，悬浮的果实

倒映到水里，细小的波纹仍然旋转

此时，无人知道，如桨之翼扇出的风

与沙子、鸟翅、白帆，还有植物一起听信你的身体

它们是自然放养在别处的野马

它的鬓毛，在黄昏的夕光里辽阔地疾飞

教堂

教堂的顶尖隐约传来音乐
灰白的光线顺从了风
赞美诗用方言唱出
来自内心的恩典足够丰盈
就不会对生活厌恨

电线上，鸟儿紧紧靠在一起
村庄的风，在无尽的寂寞里行走
生命的奥秘在于吹开

石榴花把这段永恒的时光送至云端

海

请细心观赏海上的风光

沙滩是梦中辽阔的门

没有结构的房子

帆是它移动的白墙

它斜斜地

像蓝色药丸

倚在世界的嘴唇

我们听到不同的声音

· 没有人把鱼放回大海 ·

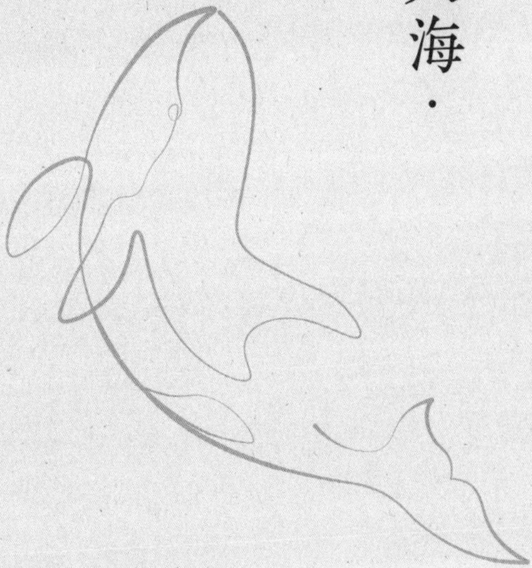

没有人把鱼放回大海

大海也有空年，为神所遗弃
渔人站在黑色礁石上
祈求迟暮而徒劳，在身体的空缺处
他的船沉向墓地般黝黑的海底

失去腥味的海潮围过来
疆域越来越小，吃客越来越多
影子鱼在下着死亡的卵
游走在美食者的肠胃里
像一尾尾黑暗，思想已无力诞生

告别吧，先生
过于盛大的晚宴已早早收场
这海盐丢失的晶莹
并非是群星睡在大海的梦

已经晚了，先生
休渔的行动未能改写疯狂的过错

好吧，就让时间再觉悟一次旗帜
相信吃客在心底升起忏悔的祭坛
祈祷吧，需要一个永恒深茫的大海
卷起狂沙十万里的巨浪

爱是死亡唯一害怕的眼睛

残墟上的树倾斜着

像被什么推向悬崖，风吹过

叶子动一下，又垂下来

冷漠加深了斜坡的裂隙

燃烧的眼睑，破碎的身影

也要挣扎着回到家里去

多么滚烫的眼泪

它是血的歌唱，声音一点点沙哑

而更多的苦在涌向你

死亡不会销声匿迹，它承诺相依为命

你眷念过的，已被催毁

但不是一切都会像子弹一般射出

黑暗也有通道，你穿过救赎的小径

因为爱，是死亡唯一害怕的眼睛

放荡的心应了天穹的蓝

再给梦里添一些水声
回声浓密却被镜子送回
聆听，还在持续，打开蝴蝶的微蓝

绘制海图的人惊动了寂寞
一下子散开的是热带鱼
如水中玫瑰之母
它盛开的记忆尽是情欲
而控制这一切的是月色

月亮在诱惑着新的海潮
世界文明的潮流席卷陈词滥调
生活需要亲吻，一湾海水站起来
放荡的心应了天穹的蓝

从故乡射出去的箭

——给诗人安石榴

你隐藏了身份证上的名字
以石榴村命名时，村庄仿佛刚出生
一切怀着自然秘密的生命
都在叫喊，为这一意外的美名

空年之年，家不是栖身之地
你如一支林中响箭，从故乡射出
飞行的轨迹，途中被什么改变方向
你一次次取消了一览无余的直线

生长的渴望从没被抛弃
射出去的箭在哪里落下
哪里就开出石榴花
只是飞鸟已经离开

你一直在写一本不安之书
有翅之物沾着远途的露水为你记录
没有岩石可靠，没有马匹可养
你却搭上命运的火车去往他乡
不安，提醒着你去遗忘现实的惶恐

春夏之交，山冈上的杜鹃召唤着柔光
日月停息在它的身上，覆盖着空无一物的冷漠
你享有高山，却从未测度过它的深渊
多年前，踯躅而行的出生地之旅
是一次试图跃入树的纹理的还乡
石榴树还站在那里，果实如箭立在枝头
又像乡村悬浮的巨大绿色雨滴射向大地
有什么在转动，我隐约听见木纹扩展的涟漪

夜宿小小的石榴村，不舍昼夜的静谧
山谷从夜的黑茎吸取墨绿
萤火虫尾随溪流之声一起消失
彻夜无眠，起床观天象，如无中生有的追寻

朋友要在你的星空里寻找不存在的故乡

从酒中醒来，你转过身，奇异地微笑

石榴村之于你，即便眼睛被蒙上纱布

顺着风嬉戏着送来的石榴之香

呼吸着空气里飘荡的记忆和神灵

你也能长驱径入，回到童年的故乡去

它在摆脱速度带来的繁华

避开火辣的阳光，忽略耀眼的事物
它有一颗冷酷的心，喜爱密林深处
鸟道绝人迹的寂静生活，水流，草长
卑微的生命也有发言权
并非出于弱小或物以类聚
而是上天自有其安排和效力
再小的事物也有千山万水
就像未凝结的水滴躲在高高的云天
它伸出来的触角指向大地

酣睡的蜗牛，它在梦里驶起风帆
急速地冲浪是冒险家的乐趣
从线形到软体，这中间螺旋一样的演变
再快速的脑筋急转弯也说不出冥想的梦境

拥有更少，才是极致

慢到与内在的节奏吻合就比从前更自如

把理想的光引向内里，万物沉默

灵魂中轻柔的香气胜过一切声色电光

爬行时，它身体波浪的蠕动，及所过之处

留下的黏液痕迹，都是记忆的余味

把时间的遗忘留给幽暗的苍穹

回忆是一门耐心的艺术

与世俗保持距离，光站在另一边

远离一切急于求成的事物

蜗牛学习着，用生命的黏液控制着欲望

它不妒忌那些看起来高大的幻影

一生都在摆脱速度带来的耀眼光华

它不是别的花朵

细密的锉齿长在菠萝叶的边上
像是柔软的刀片，它要锯出岁月的印痕
我少年薄薄的衣裳也渗出血迹
生活的栅栏是层层叠加的菠萝叶

大陆之南的阳光在空中挥舞
对折着炙热的梦
那么火辣，又如此空荡
有时，我停歇手中的活
手搭凉棚望向远处，这世界不理解
贫穷角落困倦的少年
我的心碎得不一样
生活带来的是长刺的菠萝叶
而不是别的花朵

我们不比它们更懂得去生活

晨风吹着芦花上的蜘蛛

蛛丝上的语言细密有致

一棵树枯萎

献出星星的遗骸，散落出荒野的灰烬

那山上的花朵

下一分钟还在场，它爱着大地

而果实，因为渴望而挨过寒冷

它得到阳光的允诺

卸下一切恨意，在风中熟落

说到底，果实都结在平凡的树上

低处的小昆虫在细叶间做着梦

嘘，不要吵醒它们

我们并不比它们更懂得生活

摆渡向你的黎明

巨大的橘黄色衣裳，披在西边
晚霞燃烧二分之一的光
屋檐下传来咳嗽声
忧伤的风景是望乡的云
与未暗下来的天际交织

阅读一封来自柏林的信
呼吸到林中花草的妩媚
仿佛歌德给少女的情书
傍晚的岛屿也发出喁喁浪语

我获得你惊讶的回眸
却看不见森林与人合奏的身影
风暴越灿烂，真实的东西越长久
波罗的海正在摆渡，向着你的黎明

穷人的粮食被取走

风暴纵容死亡的诅咒
黑暗之眼盯上的都涂上不祥的色彩
海洋之心伸出一只手，在黑灯瞎火中
扔出杀人如麻的炸弹，黑色追缉令
咆哮着穿越一切，摧毁一切

风息，雨停，浪静
空虚盛放更大的空虚
大海又恢复了往日的蓝
治愈的盐超越了往日的软弱
沮丧的日子裸露出了凶兆

他们在修补废墟，遗址死于荒谬
拿什么解救海上的明月
只有眼泪可以减轻他们内心的恐惧

一年又一年的台风，他们是强盗

穷人家的口粮常常被洗劫一空

马行走在狼道上

一匹马，它的鬃须飘忽
涌起，又沉寂
那迎向天空的，敞开着

旷野的花瓣和尘埃滚动
马蹄飞雨
零乱，骤然升起，又落下

命运已被创造
自我延伸的才是路
世上所有的夜晚来临
马行走在狼道上

被抵押的日子

木栅延伸，旧生活长长的影子
像海浪在民国之前晃荡。微信上
耽溺于幻想的人，他早已遗失了
激情游戏和四处生长的生活
湿地消失，教堂被毁
这一切被置于猛烈的阳光下
鸟鸣加深了它的阴影
生活是一条没有归途的路
那些被抵押出去的日子
却正向我们追杀而来
所有的影像都调成静音
突然停在灰色鹅幻想的画面
那个从镜头里走下来的兄弟
亲切又陌生，他有被爱的需要
隐身于暮色，爬上他人生的山坡

天空中白色的飞镖

一只海鸟疾飞，它是天空白色的飞镖
它躲过捕猎的网，飞过沉睡的岛屿
被猎人盯上的海鸟，它接受了新的指令
一个孩子，在树阴下玩耍，像幼年的保罗
手里拿着母亲递过来的苹果，他们一起来到了海边
看见鸽子从云端上回来，从未发生之事都有新的
　去处

云霞在你的身边欢呼新的黎明

云霞在你的身边欢呼新的黎明

隔着漂浮的山水，白色森林重返大地

我爱着什么，在石头的嗓音里看见你的飞马

深呼吸，尽是雪的味道，美的披肩滑落，血液冷
　下来

不眠的人，想起寓言中的悲伤，他已离席

风吹草木，那毒蛇猛兽就在其间出没

陇南，谁能让你的百姓回到自己的房子里去

回到不存在的空中楼阁里去。陇南，你何时梦满
　大地

你何时在月亮的怀里种出暗中的花朵

爱比雪更冷

爱的光线向内心移动
沉默与表达
都是一个缓慢的词

冬日的阳光
漫过羊坊店的窗口
如果能够，我愿是那片阳光
落在你的书页上
让你读出黄金的忧伤

羊坊店的日头
就要下了
爱，有时比雪更冷，比夜更寂寞

·给飞鸟喂食内心的彩虹·

给飞鸟喂食内心的彩虹

记忆赋予其风暴，一条演奏的水路
它的深渊，它的激荡，暗中的低回
琴键也难以平息呼吸的颤动

我并非想恭维牧场般的地中海
风如翼在迅速地展开，浪似虹也在暗中涌起
这调换行进的瞬间，蓝宝石也滚落
再温柔的海水也有刺痛的时刻
在海岸线漫步久了，日子也排列成波浪
没有谁可以免于时间水纹带来的印痕

远在他乡的水银姑娘，我沿途收集你的碎片
却又在风中丢失，法罗岛终是陌生的旅程
想起上次的告别，忧伤像海水从未停息
一个人携带的大海，越来越辽阔
我推开迷途，试着给飞鸟喂食内心的彩虹

骑士之夜

喀纳斯含着菊花，黄色与白色各为一半

在无声之间吐出的蓝气布满原野

她朱红的嘴唇，唯有风与英雄可一亲芳泽

美的事物过早被泄露，秘密却留在铁生锈的日子

戴面具的骑士，铮铮铁汉，他怀念在世的时光

又无限地失去这个世界

春天，喀纳斯远离铁丝网的气味

一块盔甲雕刻着亡灵的烙印，沉入河底

坚固的生命也有溺死之时

新的星座升起，依然盼望芳草之夜

这个夜晚，年轻气盛，有着不同的声调

喀纳斯回想骑士来过的时刻

与扎加耶夫斯基共进早餐

五月的树木被修改成魔方
早晨，不需要公鸡来提醒阳光
镀上金色的线条，落在白色餐桌上
打开的书在等待新一天的阅读
我热爱草木寻找自由呼吸的国度
群星驱散迷雾，歌唱的叠句留存踪迹
我们享用简单的食物，咖啡，面包
如果还有别的，那是墙上起伏的麦田
你说起去年去中国的访问
你体内的镜子照见山川人物
哲学的咖啡冒出万千仪态
不需要多说什么，你的微笑已划过晨光
伟大的波兰之蓝，大地等同于你
巨大的云层流过天空
带来你早年思考的浪潮和苦盐

从克拉科夫至格但斯克

旧城堡与麦田之间移动着绿色的星

之前的生活，它是什么样子的尘世

询问也压不住我的嘴唇发出惊奇

庇山耶音乐会

汽笛抛出航线
命运有盐、坚硬的阴影
和百孔千疮的爱情

一滴死亡的海水也有浮木的侧影
无数珍宝埋在生活的某处
东方花草繁殖了虚无的肢翼
他四处行走，如天地过客
大地也有东躲西藏的时刻

寂寞之物或失意之事都是漏网之鱼
烟土，美色，王阳明，在他的大海里潜游
像酒鬼一般醉下去，更多荒谬的事物
都成为他生命的滴漏

他把死去的雨当作梦境

风的骸骨想把他带回葡萄牙

却徘徊在澳门的庇山耶街

如雕像上暂停的鸟儿

疼痛或欢愉，已归于日落

多年后，当乐队指挥的手势起伏时

生命的碎片有了飞的自由

席间，高悬的耳朵如林间的路分了岔

一滴不死的海水，它有扑不灭的火焰

情迷的女伶，松开嗓音，鸽子瞬间四散

蓝花楹

一场宁静的风暴从里斯本刮起
蓝花楹，四月女性的星辰
我迟来的爱情在上面舞出紫色的气象

醒过来的日子或者不存在的岁月
在午后的阳光里回荡
给途中的歌声添上崭新的音色

一只蝴蝶停在蓝花楹上
如安德拉德的一句诗留在葡萄牙的心里
爱没有遗忘，它把心灵还给自然

橄榄香

我不知道是什么滋养了我对她的热情，这份热忱
　似乎由来已久
我面对的不是爱情，而是这个夏天翅膀的别名，
　虚无的飞翔
为什么偏偏记得她，一个遥远又暧昧的瞬间
我不知道她更多的正传，她坐在人群之间，如饱
　满的颗粒。她是一种生长的观照
带着橄榄香，她隐秘地行走。作为一株橄榄，她
　独自成为移动的神秘园
我承认，我有世俗之爱。也许，因为缺少勇气，
　白昼落进黑夜。她是我之外的女王
她如此隐秘。时光把更多的事物打发走。时间的
　橄榄林晦暗。我以为我已忘记她
直至二月，在异乡的早晨，我重新遇见她。我的
　惊喜和她的欢欣同时在呼吸里

有一种事物本身充盈着诱惑的暗示。我只是在她
　陌生的城镇中游荡。我是梦和现实中游离的双
　重影子。我没有迷路。清纯的缕缕芳香却让我
　迷失
爱是臆想，但分明又真实。她是填充的岁月，是
　未来的黎明之蓝。此时，风中的橄榄枝伸向
　春天
爱是生命中的艰难时刻。那爱是陌生，也是胆怯。
　爱是热烈，爱是虚妄。爱是什么？
以前，以爱为道路，我以为我在学习爱，现在我
　更相信优雅和它的羞怯。没有梦想，人就变得
　荒谬
梦想连接别处的生活，我再见到她的此起彼伏，
　犹疑的微笑潜伏嘴角。这个早晨是悬崖边的
　舞蹈
她是完美的欲望。情欲是对生命的完成，没人想
　停下来。橄榄树，所有绿色都在倾泻它的光
在车上，坐到她的身边，从陌生出发的召唤，喷涌。
　我又闻到她的橄榄香

外面的雪，在理想的异乡。心在青春的途中守望，
美妙之物不需依靠

那一场雪，作为一种生活方式，它下在合适的地方。
它给世界带来春的回响

雪沾在叶子边缘。雪的美分配给她。那丛生的晶
莹也是她

在飞机上，我阅读她的作品。我从她的视角观察
隐藏的修辞，字与词一如橄榄树的叶与果。它
灵魂的居所建在沙石之上

有些东西远去了，她用语言去复苏那荒芜的人性，
飞逝而去的无常，还有那驯服的土地

遥远之地的人和事，流淌着她的人情之美。在她
的故乡，秋天金黄的叶子又多了一重

她给我寄来更多的礼物，长耳朵的书在打开。我
尝到了她风中的盐巴。每一个季节都愿意徜徉
在橄榄园里

黄昏，关掉新闻，在历史的恍惚里，她是奔涌的
群山。在黄昏的边界，光下的橄榄绿，呈现了
最初的雌雄同体

六月。一场音乐会。我们保留了香气的隐喻。美
　是亲近所得
橄榄树下的人泛着微光。整个夏天都是她的温香
　软玉
每一个人都不曾说出的感伤，我们不曾学会告别
在橄榄般的呼吸里，除了她，我什么也不想

这一天，你是最安静的人

六月十三日在波尔图

在河流之上，在云朵飘走的地方

这一天的时间在那里停下脚步

这一天的耳朵，在那里聆听

去往天堂路上的声音

这一天，你是最安静的人[1]

六月十三日在波尔图

一匹词语牵着马

一根透明的缰绳

带走晚风和草原，但它安放万千草木的芬芳

这一天，一切都在芬芳中酣睡

秘密在永恒中敞开

---

① 葡萄牙诗人埃乌热尼奥·德·安德拉德于2005年6月13日逝世。

六月十三日在波尔图

只有你醒着，一个自言自语的老头

望着夏天出门的雪松

望着小松鼠在叫声中到来

它的爱人踩着月光在歌唱

你听到这一天最安静的呼唤

六月十三日在波尔图

扑克牌不能抵达的地方，没有灰烬

只有火焰，只有燃烧

只有孤独变成的大海

只有一个回忆，在结晶

只有一个安静的手势，在永远致敬

六月十三日在波尔图

一个中国青年遥望天堂

大地从草原的两边退出

一匹累了的马，它来过亚洲

非洲、美洲、欧洲，它来过人类各地

现在，他到家了

热情的玛祖卡

穿过白雾，越海飞行，风注视着你
比起游览珠江三角洲，行踪更神秘
借助发光体，天空和大地像两片叶子在飞
夜晚华沙的睡眠，梨花的情欲寂然盛开
从树底仰望天际，爱的胸脯起伏
发出轻微的声响，无尽的欲望撕扯着
没有热忱，日子比任何时候都破碎
再一次扮演肖邦的身影，想到热情的玛祖卡
我的心又一次燃烧

礼物

我没有见过你
你的眼睛、肌肤
你的光亮、忧伤
像命中的礼物
加起来就是许多爱了

我省去暗处的嘈杂
我省去明处的闪耀
再努力把自己
省得干净些

好消息就是福音
我的口唇温暖
想你的时候
我轻轻地合上眼睛

传唱

把我遗留在大地
黄昏转过身来
发出轻微的响声

暮霭吹暗了树林
我想起大海的孤独
我活过，爱过
在这个转动的黄昏

我听到大海
被火焰不断传唱
呵，是什么让我变得如此激动

菠萝献出了果实

玫瑰云喜欢打扮天空，为了童年的画像

我又重新注目低处的小动物和高处的树林

在四月到来之前，菠萝献出了果实

这夏日将至的愿望，不知你是否有过强烈的欢跃

那头在南坡吃草的牛不见了

四下里轻盈，放牧人没有急于去寻找的意思

一朵白云喜欢上另一朵红云

它们平凡地相爱，不为人所瞩目地回到生活

那一刻，阳光明媚，它们在空中涌流

把光储存进菠萝，亲切如你珍爱的人

飘香的饭菜不需要多余的技艺

下午漫长如数月，腐朽的风吹过拥挤的街道
从城市回到半岛最南端的乡下，旧房间
还可以看见风景，耕牛在减少，金黄草垛也在消失
孤独在雾中发亮，就像木头的刨花偶尔出现
平凡的花草重新获得愿望，去紧抱一棵树
聆听良久，那是对被忽略之美的致歉
与父亲说一些向暖而生的话语，晚霞来得快去得慢
星星是一位可人的厨娘，院子亮起温暖的灯
一种遗忘了的味道重新升起，飘香的饭菜不需要
　多余的技艺

为我们存在的事物

鸟儿一只一只腐烂，我还留在那里
守候那些羽毛，直到风吹起
直到天空收留了它的翅膀

人生也需要守望，那些陷在泥潭中的
影子，也要拾起来，洗干净
像患难与共的妻子，去终结一个个悲伤

在这个世上，我们隔着几重火焰几重海水
有多少事物为我们存在
此时虽然看不见，但事物的温存
一直在心的天平上

夏天有了佳偶

流水教授野生的植物

清香像酒倒出，风迎了上来

云朵的耳朵进出歌唱，天籁之沙舞蹈

它悄然散开，没有人知道它来自哪个方向

美的事物有时难以觉察

它幽默的一面等待你来领取

探访梦境是这个夏天的事业

从河流源头深处回来的人变得柔和

在坎布拉，我遇见一场婚礼

浓郁的光阴聚拢在眼睛里，仿佛从此之后

夏天有了佳偶

· 回忆不过是植物的泪水 ·

回忆不过是植物的泪水

黄昏，一个忧伤的神
在不远处破碎地歌唱
用不了多久，海平面的光线
就链接上星星的光焰
我看见海风停留在木麻黄上
那些细小的叶尖涌出的液
混合着大海的腥味，奔腾着
在一个叫下洋的码头
我与一位少女相遇
如今我坐在沙滩上冥想
怀念绿光中踌躇的事物
纯真时刻如此短暂
回忆不过是植物的泪水

生活的警句仅是一朵花

一个孩子的睡眠挣脱了课间练习
他的眼暂时恢复了纷缤的色彩
那不是真的，新娘对着朝霞梳妆
远山的情欲在弥漫，像爱情渗出了婚姻
生活记住了右侧，却忘记了左侧
人们不断在反向中出发
一切看起来合乎真理，生活的警句仅是一朵花
在乌托邦被缩小之处，浪漫主义的余晖在普照
并没有所谓悬而不决的激情
野兽们正准备一场新的决斗
无人愿意在此做战争的人质
怀乡者在迷途中出神
去年的雪花落在睫毛上，安抚了那含泪的眼

童年是一块糖

阳桃花掉下来，一地细碎的镯子
足够去引发一段越来越懦弱的记忆
花瓣的灯盏用光线编织出皮影
梦把着了魔的形影安放在夜的器皿里

灯灭后，你偷偷将月光捣成糖果
作为礼物送给那个叫凯丽的小女孩
这个主意让你暗暗激动
可是，如何去完成一块糖的制作
甜美的愿望将人深深地折磨

一群有趣的麻雀跃过屋檐
我用口哨搬动一片阳光
小蚂蚁四处寻找蜜糖
生活偶尔给它们奖赏
而童年被啃过，只剩下一片糖纸

这世上有些许事物继续存在
仪式里的小玩艺却穷困潦倒
弹弓、滚珠、蟋蟀、信鸽
它们都成为童年的清单
在孤独处涌出无名的悸动
一涌一涌的月色也泛出小光芒

这世上还有来回说不清的奇妙
当我形单影只睡去时
小兔子把糖果藏在月亮里
唯有贞洁的花瓣能换回诱人的糖果

夜气披着白色雾衣过来
一道光落在窗前，花香无形地旋转
小月亮与小兔子，这对欢喜的淘气鬼
它们已经全然知道童年的味道
风多么愉悦，还有牙齿在闪闪发亮

留下夜晚细微的回响

羽毛掠过海水，平静的屋顶之上

静静盘桓的是更高的银河

而在白日，它是海鸥灰色的间奏，是奔马蓝色的
　闪电

晚霞提升了水色，尚未到来的，也是未界定的

这漫长过程中，一笔笔的遗产已生成

在雷州半岛最南端，大海原来是一头老虎

把自己添入黄昏的翼中，一生都在寻找应许之地

谁在敲我的记忆之门

谁在敲我的记忆之门

谁想讨回聒噪岁月中的寂静回声

喀纳斯另有拯救，穿过来访者的阴影

这剩余的山水，仿佛身后的故乡

每一处敞开的事物都是痛苦的闪电

两扇风中的门，忽开忽闭

有声有响的影子逼近，碎片在重组

内心掀起雪白的巨浪，遗忘之梦睁开了眼睛

世界边缘的一朵记忆之花开了

你从镜子里伸出手采摘真相之果

未知的 X 来了，发生的一切

穿过记忆砌成的拱廊

爱，才是我们穿越悲伤的通道

夜气

时候尚早，足够我们去
凝视每一样深不可测的事物
直至它在内心变得简约

黄昏之后，夕阳的消失宣告了
我们对逝去的一切心存残缺的怀念
叶子在洁净的夜变得越来越冷
我忆起父母，他们劳作的身影黝黑
直到下弦月也静谧无声

夜深，水的流淌像植物的薄纱
它托起一座山庄，身体的牢房
此时被打开，草木散发清香
一个生灵呼唤着另一个神趣
每一个都在相互倾听，带着看不见的光

古老的夜晚经过教堂

高墙之上，梅影斑驳，无知，无邪

我们交谈，面庞变得清晰起来

夜气带来群星闪烁的天赋

像未唱出的歌留存到明天

四月的另一半

浪花唤醒海的欲望
路过的风染上了光滑的微蓝
年轻气盛的飞翔也在突围
锋芒盖过光芒

夏天到来之前
收到你的来信不算太迟
你盘算着去爱丁堡听一场爵士乐
它看起来像一出喜剧的开端

你把梦挂在树枝上
仿佛邮轮失重搁浅在月亮河
命运把圆与缺折叠成骰子
痛苦来自哪里，就像你不知道
摇动的骰子带来什么样的意外
所有活过的瞬间都好像受到惊吓

春天有一半隐藏在地下

你得独自把深渊换成繁星

繁花等待一双燕子之手的触摸

你努力从身体里搬出光

藤蔓绿色的光线沿着有你的方向吹拂

四月的另一半是——你

看不见的光

水在树里向上流动

传出神秘的声响

时间在加速前进

愈合生活的伤口

这是一个不容易遗忘的季节

鸟在逆向飞行

水在树里向上流动

像几片去年的叶子

被风吹动

无限的凝视

青藏高原，那一望无涯的绝望

让我做它的一株格桑花，随风而舞

但是八月，大地最后的油菜花开在撒拉族人的田园

我所遇见的，没有陈旧的自然，只有清新的暗示

我无限地凝望，那地方不属于我

在青藏高原，白色之马如闪电由下向上

而羊群更像星星，散落在裸露的草地上

作为一种命运，我们在进行一场漫长的告别

大海的文字

大海在你看见时变蓝

宽慰眼睛的蓝

延伸鱼的翅膀

和盐的微笑

它们是对这个不完整世界的爱

抒写着大海的文字

你我是它们最后完成的偏旁

紧紧靠在一起

像人字的两画

靠在我们说出秘密的礁石上

我没有告诉你

经过菠萝地

光谱迅速翻动

我用耳朵搭上时光之车

赤裸而汹涌

眷恋我们出发的梦境

一匹马飞奔

我在马背上朗诵你的美

直到秋天，金黄的翅膀

悄无声息飞入菠萝丛

但我没有告诉你

被命运温柔看见

一些事物已消失，因为光的缘故又活过来
春天和草叶经历了火的徒劳
泉水重新湿润了出口，诗歌带来恩惠
收件人不详的地址，一封情书意外让我们
爱上旧时没来由认识的人，就像隔壁的缪斯
颤抖两滴巨大的泪，她丰盈的乳房
一瞬间被命运温柔地看见

没有人能将一片叶子带走

众人散尽的清晨

唱诗班的余音

弥漫出叶子的浅绿味

人终是要散尽的

就像树落下叶子

可没有一个人

能将一片叶子带走

母亲很早就已经去了

我坐在众人散去的地方

听见风送来多么熟悉的声音

它来自天堂，我不能拥有

图书在版编目（CIP）数据

我的地理的光明旅行 / 黄礼孩著. —广州：广州出版社：花城出版社，2023.4

（广州诗词之都丛书）

ISBN 978-7-5462-3569-1

Ⅰ.①我… Ⅱ.①黄… Ⅲ.①诗集—中国—当代 Ⅳ.①I227

中国版本图书馆CIP数据核字（2022）第257561号

书　　名　我的地理的光明旅行
Wo De Dili De Guangming Lvxing

出版发行　广州出版社
（地址：广州市天河区天润路87号广建大厦9、10楼　邮政编码：510635）
花城出版社
（地址：广州市越秀区环市东路水荫路11号　邮政编码：510062）

责任编辑　霍婉兰　安　然

责任校对　窦兵兵

装帧设计　广州水石文化发展有限公司

印　　刷　广州市快美印务有限公司
（地址：广州市白云区广从路410号　邮政编码：510545）

开　　本　880 mm × 1230 mm　1/32

印　　张　6

字　　数　78千

版　　次　2023年4月第1版

印　　次　2023年4月第1次

书　　号　ISBN 978-7-5462-3569-1

定　　价　48.00元

发行专线：（020） 38903520　38903521

广州诗词之都丛书

第一辑

张海鸥《素心词》

陈善壎《一串倒提年月》

高旭红《半半堂诗词稿》

黄礼孩《我的地理的光明旅行》

陈会玲《断弦音》

梁智强《修辞窑洞》